花筏

森 敏子

文學の森

句文集『花隠れ』に寄せて

山本悦夫

　この度、森敏子さんが『花隠れ』を出版されました。大変おめでとうございます。私は、現在、「病牀六尺」にあります。健さん、中村節生君、中島宝城君、古川貞二郎君は彼岸に渡り、酒でも飲みながら楽しい日々を過ごしていると思います。

　あれは二十数年前になるでしょうか。私たちの友人の中島宝城君の短歌の会が九州の平尾台でありました。そこから向かったのは宮若市力丸で、十二支苑という奈良新薬師寺の西の礼拝所がありました。そこに三軒の茶屋があり、そのうちの一軒十二支庵というお店の女将であり経営者である敏子さんと初めてお会いしました。お店の壁には伊藤通明先生の俳句の色紙がいくつも飾られていて、そこで句会等も開かれているようでした。敏子さんは俳句をされる方だと思いました。

敏子さんは、私が九州大学の寮生時代、親友であった中村節生君の小学校の同級生でした。中村君から、敏子さんのことは評判の美人であると聞いていましたが、お会いしたのはその時が初めてでした。

私が大学卒業後、勤めた出版社の上司だった藤沢閑二さんは、元・文藝春秋社の専務をされていました。ご夫人は菊池寛の長女・瑠美子さんで、ご夫妻には私共夫婦の仲人をしていただきました。

藤沢閑二さんは文壇に顔が広く、『鶴』の主宰者である石塚友二さんの親友で、また紀伊國屋書店の田辺茂一さんの三田の同窓生でもあり、『三田文學』の再建の指揮をとっておられました。そのようなわけで、私も『鶴』に投稿するようになりました。その頃は、私も俳句にのめりこんでいましたが、年を重ねるにつれ普通の俳句に何か物足りなさを感じていました。そこで出会ったのが、森敏子さんの俳句です。

「敏子さんの俳句は、妖艶な美しさがあり、研ぎ澄まされた感性に、時には鬼気迫るものがある。この世とあの世、そしてそのどこかに兄、高倉健の姿が影となって見え隠れする」

この句集が広く読まれることをお祈りいたします。

令和六年錦秋

東京医療センターの病室に於いて

『四人』編集発行人、作家

「鳥と蛇の神話」研究者

日本学術会議協力学会　アジア民族造形学会　名誉会長

句文集　花隠れ＊目次

題簽　師村妙石
装丁　森　健

句文集　花隠れ

俳句

鎌倉龍王山

鯛の鯛取り出す翁女正月

水仙を僧の離れし明るさよ

凍星や誰れも眠るな眠るなよ

寒鴉龍王山は晴れわたり

托鉢に寒の海照まぶしすぎ

冬満月義時語る僧も老い

家系図の始め北条義時《よしとき》寒椿

禁色の月の椿となりにけり

義時を偲べばつのる涅槃雪

椿落つまた落つ鈴の音《ね》の幽か

雪涅槃今鎌倉は音もなく
ひさかたの志士の墓なりたびら雪

囀りの腹切櫓つつむ日ぞ

鶴岡詣でに遠きにほひ鳥

木立また僧を隠しぬ涅槃吹

蝶を追ふ追ひたき人の皆遠く

まつすぐに海照見えて囀れり

蝶がまた腹切櫓より空へ

足音のなき僧とほる朧の夜

捕へたる蝶を放ちて写経の間

おぼろ夜や腹切櫓浮かみたる

白牡丹心もとなききのふけふ

緋牡丹のさゆらぐ奥もその奥も

托鉢に夏うぐひすの追ひまとふ

走り梅雨闇は新たな闇をみせ

月光となりてゐたりし瀧柱

闇はいま蛍籠なり観世音

指と指からめ蛍のにほひけり

白蛇の話に声をたて翁
龍王山うつ蟬の声充つるやも

揚羽来よ祖霊の墓に詣るたび
寺にゐて寺を忘るる火蛾の舞

声明を韶《つ》ぐせみしぐれ蟬時雨
爽やかに波なき海の風に逢ふ

やまびこは山の子二人山葡萄

錫杖のあとからあとへ法師蟬

経微か漢声なる霧の墓
霧失せて腹切櫓近うせり

せせらぎに夕闇浮かみ男郎花

おどし銃龍王山に星が充つ

宝戒寺裏の闇濃くつづれさせ

老僧や網鬼灯をたなごころ

女郎花少しにじみて浮かみけり

青僧の声をこぼせる星月夜

月を見に遠潮騒にみちびかれ

青僧の細身むらさきしきぶの実

山ぐるみ冷えゐて水の音ばかり

呟きをいぶかる人もなき寒さ

鎮魂の月のしぐれに濡れにけり

梵鐘に枯蟷螂の付いてゐし

夕映や腹切櫓冴え冴えと

冬ぬくし神籬つつむ木洩れ日も

月魄

初夢に聴く若々しき亡兄の声
初夢の呼び声なれど亡兄はどこ

健さんと漢ばかりや年新た

石碑前

おめ〳〵と生きたくはなし寒牡丹

寒椿別火の後のひそやかに

水の声聞ける静寂や寒椿

霧の花青き眉月隠しけり

小夜しぐれ眠れぬ鳥が飛び交ひぬ

光陰のかく美しき深雪晴

秘匿する骨の御壺鬼やらふ

寒椿極秘と言ふがありにけり

北海道ファンの会　近藤直記様

網走は春の雪です文来たる

正覚寺花には早き春日とも
神々の祝ひ椿は蜜を溜め

御意と言ふ花見の返事よかりけり

深吉野の桜《はな》に行かうと言つたのに

咲き満ちて闇をいざなふ山桜
あの世とも思ふ桜のこゑの中

汝を呼べばさくらのこゑの応へけり

さくらより桜へ兄を追ひし日よ

兄追ひて桜のこゑにまよひけり

底なしの花の闇なら落つもよし

ふりむかぬ日々なし不意に花の経
よみがへる記憶桜吹雪かな

しばらくは落花の中や恋仏

夜に入りて誰か火を焚く花の奥

花冷やふつつり切れし人の縁

逢ひたくて今逢ひたくて花を縫ふ

飛花落花春の遠のく声すなり
水音のしじまを生みし山桜

花の芯日の矢きらめく露の色
観音の御手に花びら花明り

祈る手の少しく白く花の冷

いつも傍に亡兄の目のあり暖かし

花冷や亡兄に逢ひしを誰も知らず

死神と逢ふこともがな花朧

一山は花にしづみて濡れゐたり

魂の遊びはじめし夕桜

花冷や見えざる人を視てをりし

罪な嘘四ッ葉クローバこま結び

遅れゆく椿の蜜を吸ひをれば
雷兆す黒雲羽撃つもののなき

さびしらの闇を浮かして夕蛍
蛍火の淡き影曳き流れけり

夢に見し人を想へり蛍の夜
声にして蛍を呼べり闇の奥

瞑りて一切を断つ瀧の前
見上げたる雄瀧に胸をつらぬかる

龍神の暮れてしばらく瀧明り

屈強の山の迫れり日の盛り

朝まだき蓮の葉かろき雨を享く
蓮しぼむ午後のけだるくありにけり

ジャスミンや静かに今といふ時間
走り来る雨や浮巣を揺らすまで

石碑《いしぶみ》にすがる空蟬許しおく

密会を約す夢なり少し汗

永らへて泣く夢ばかり女梅雨

声一つこぼして薔薇を手折りけり

石碑に人のやすらふ大牡丹

白牡丹ふくらみそめし頃のこと

白牡丹仏の兄にねがふこと

うつうつとうつつの夢や白牡丹

石碑の裏に家族六人の六つの白牡丹が彫られています。

鐘の音や花びらゆるぶ緋の牡丹

緋の牡丹手折り忘るる事にする

緋牡丹の中の牡丹のさざめけり

戯れの約を忘れず月見草

白南風や兄の手ずれのハンティング

カクテルは「午後の死」夏も終りけり

龍神の燭や火蛾舞ふばかりなり

カサブランカいつか静かに上がる雨

薔薇薫る「寒青」の碑に男ごゑ

青葉木菟鳴く夜は寂し死んだふり

燦然と伽藍の仏蟻地獄

盆支度いつしか亡兄へひとり言

生身魂まなこ瞑ればば見ゆるもの
まどろめば昔の夢や桃の昼

桃のつゆ落ちてひろがる衣の上

真夜中の仏に桃のよく匂ふ

息づきて水中の桃浮き上がる

後盾なき寂しさよ稲びかり

秋めくや戻らぬ兄の文見つけ

死に遅れたり酔芙蓉乱れ咲く

残されて十日の月にたたずめり
待宵のわけても京の阿闍梨餅

正面に満月翁笛を吹く

笛吹くに少し反りたる月の下

法悦か喜悦か月に翁舞ふ

「如《そのま、》」に生きしと思ふ蒼月夜

月の座に遊ぶ漢と見れば見ゆ
今日の月無言の兄の透き徹る

居待月弥陀の遊びの手にふれし

月魄や漢は青く刃研ぐ

ゆゑ知らぬ泪や月の観世音

南無阿弥陀真如の月南無阿弥陀仏

銃声の谺に谷の明けて来し

石碑や瑠璃一雫月雫

弥陀の加護月さんさんと降りかぶり

行く秋のあなたの墓に日暮れけり

泪して仰げば月も泣くばかり

かりそめも永久もせつなし銀河濃し

狐火にまたしても道まよひけり

呑み込みし言葉は一つ龍の玉

月しぐれ阿弥陀は濡れておはします

冬満月無言通してしまひけり

龍の玉点すいのちや漢の忌
石碑の晴れやかに鷹舞ひにけり

寂しくて冬の金魚と話しけり

金の兜武は力なり剛健忌

レンブラントの「黄金の兜の男」が好きだった。

大櫓火あたりを鎮めもえ尽す

雪の墓一途といふは悲しかり

冬木立さみしさは耳澄ましゐる

早や十《と》年《とせ》耳そばだてて寒かりし

「寒青」の石碑拭きたる小春かな

いしぶみ

東宝会長　島谷様

漢ありき侍といふ薔薇墓に

インディアンサマー逆撫されし風が過ぐ

インディアンサマー　小春日和のこと

秋深しこころ仏の辺を去らず

ことさらに何言ふでなし懐手

荒井様

石碑「A」の静寂よ桜《はな》ふるふる降る
御墓や暇《いとま》乞《ご》ひする蝶の舞
月皎と龍が幽かに動きをり
石碑の色のそのまゝ春の闇

緋牡丹お竜様

緋の牡丹遥かな過去に辿り着く
小鳥来てゐる「寒青」の碑の潔し
秋風や久遠の言葉ありとせば
緋の牡丹人生甘美でおあします

釈迦の最後の言葉　人生は甘美である

吉岡秀隆様

揚羽また揚羽は石碑ともにせし
剛健忌供花に慈眼の映えにけり
語り出すかに月の夜のカサブランカ
剛健忌ひねもす花の石碑前

田中壽一様

「駅」「海峡」「南極物語」「居酒屋兆治」のプロデューサー
毎月命日に墓詣くださる

山茶花の白の散り敷く車椅子
「寒青」の碑に来てくれし雪迎へ
石碑のそばだつばかり雪しまく
「寒青」と声にしてをり吹雪く中
慟哭も念仏漢の涙凍て

元・中華人民共和国駐福岡総領事　律《リツ》　桂軍《ケイグン》様

「寒青」の悲しきまでに冴え返る
龍天に今だ過去とはならぬ過去
花柚の香律様と風聴くことも
「寒青」の石碑凛と寒《かん》乾《あなじ》風

王貞治様

龍眼や季《とき》のしたゝる話して

爽籟や御仏と呼ぶ亡兄の顔

巻き戻す亡兄との会話秋日和

石碑に色鳥遊ぶ日なりけり

京都 高台寺

ウルフムーンビートで聴きし般《はん》若《にや》心経《きやう》

ウルフムーン　一月最初の満月

京都 仁和寺

風光る般若心経いろは径

京都　一休寺

霧の声般若心経《しんぎゃう》の声一休寺

糸島雷山　千如寺

月の弥陀遊びの手とは救ひの手

和尚様に左の遊びの手は救いの手であると教わる。

福岡鞍手 円覚寺（松野老僧）

もつれ飛ぶ蝶追ふ眼しばらくは

朴の花西へしざりし明の暗

たゞ祈るほかなき秋の無量寿経
独生独死・独去独来

冬の寺同朋同行諭されし

エッセイ

高倉 健

小田剛一《たけいち》・東映ニューフェイスとして映画界に足を踏み入れた兄、早々と第一回主演作品が決ったと大変声の弾んだ兄から電話が入る。芸名も決って高倉健……素晴しい!!

此の名前は実は大川社長が「美空ひばり」さんの芸名を付けた占師に頼んでくださっての命名である。社運を賭けての命名と聞いた。電話には先ず父が出て次々と母や家族の一人一人と話して喜びの声を上げげた。私は「健さん頑張って」と笑って話し込んだ。その間に父は和紙に大きく墨跡鮮やかに大きく芸名高倉健と書いて神棚に、家族揃って高倉健の報告・お詣りをした。

考えてみれば兄は頑張って頑張って大変な道のりであったと想像する。想像を絶する努力忍耐があったと思わずには居られない。今、私は毎日のお詣りでお兄さんやっと楽になりましたね、と心の底より口にする。

私には優しくて自慢の兄である。然し兄が亡くなって高倉健は世界の健さんファンの皆さんの健さんなのだと思うようになった。

健さんの人気、ファンの方々の熱い想いに圧倒されて……みんなの健さんなのだと大変有難く思うばかりである。十周年というのに遠方からお詣りが絶えない……此の人気って何なのだろう。不思議である。

父の剛気・母の気力、人としての優しさ、ごくごく平凡な家庭に育ったけれど、兄が良く私に言った感謝を忘れず手を合せる事。兄の走り続けた道のりは両親に学んだ。そして何よりも母を喜ばせたい想いで頑張った映画の道だったと思う。

今母に抱かれて故郷に眠っている兄は一番幸せの時である。

漢ありき侍といふ薔薇墓に

母は女神

――母を大好きな兄（タケちゃん兄ちゃん）

兄が映画界に入って初めての帰宅――車が着いたと飛び出した母と兄は出会いがしらにしっかりと抱き合う……でも明治生れの、おかたい母はハグ等初めての事で吃驚して恥ずかしがり「タケちゃん、タケちゃん」と兄の名を呼ぶ。兄は「お母さん小さくなったねェー」と笑って腕を離さない。母は何度もタケちゃんを繰り返す。孫達は笑いながら二人を取り巻いて手をたたいて面白がり大変大変なごやかで嬉しい光景が今でも忘れ難い。

ヤクザ映画で背中の刺青は絵を描くだけで四時間……それから夜中迄の撮影。一日が終ってそれからお風呂に入って描いた唐獅子牡丹を洗い流してもらう。そんな毎日に兄は人に言えないグチを母に電話してくる。「お母さんもうヘトヘトだょ!!」母は頷きながら兄の話を聞き終り「タケちゃん、辛抱バイ頑張るのょ……」と毎度同じ受け応え、最後は母の「タケちゃん辛抱バイ」だった。母にだけ甘えての電話だった。そんな兄だったが、母の亡くなった時、兄は母の辛抱バイで頑張れた、とにかく母に喜んでもらいたい一心で頑張り走り続けたと言った。そんな兄に母の死は大変悲しい出来事であった。丁度「あ・うん」の撮影中で帰って来れなかった兄の為に納骨をせずに兄の帰りを待っていた。（お通夜・葬儀は小林稔侍さん、バーバーショップ佐藤さん、車のお世話担当の葉梨勝実さんが参列して下さいました）。後日帰宅した兄は玄関を入ると直ぐにお母さんお母さんお母さんと呼んでお座敷へと……お座敷に入る前に私に振り向いて、絶対にお座敷には入って来るなと言い残して、それは長い時間出て来なかった。

私も姉もお兄さん何してるのかしらと話したものである。

長い別れをして居たのでしょう。お経も上げて居たのでしょう……そんな兄がやっとお座敷から出て来て、姉と私の肩を抱いて涙を泛べながら「お母さんの骨を少し食べた」と言った。

私は言葉が出なかった……。

三人で抱き合って泣いた母との別れだった。

母が亡くなって三日に一度は電話をしてきた兄、本当に頻繁に電話で寂しくないか……そして最後は必ずお母さんと話をしてくるんだよ、み佛様にはわかるんだよ、お墓にお詣りしてお母さんに語りかける事をすすめる兄でした。今は私が毎日お兄さんとお墓の前で話します。

南無

息ながき漢の声や寒念佛

叶わなかった夢

御意と言ふ花見の返事よかりけり
深吉野の桜に行かうと言つたのに

兄のたっての願いで深吉野の俳人「藤本安騎生」先生と吉野千本桜をご一緒して、ご案内して戴く事になっていました。

其れは、私共五代前の小田宅子《いえこ》（歌人）の歩いた吉野の話、亦、その短歌等々（藤本先生は宅子の短歌も良く研究されていました）について話して戴く予定でした。

だんだんと仕事の忙しくなった兄は桜の頃には時間が取れずに、藤本先生との千本桜の夢は果せぬままに終りました。

香水

身ほとりに誰も居ず香水はゲラン

主人を亡くし二人の子供達も東京へ、そんな或る日、兄から香水を贈ってきました。それを見ての一句です。

突然電話のむこうから声にして此の句を二度読み返し、いきなり淋しさイヤ～悲しさ、イヤ～侘しさ、イヤ…言葉を色々捜しながら、そして虚しさ…だな！こんな俳句をお前にもらうと俺はたまんないよー。頼むから元気出してくれよー。

次は言の葉の鋭い敏子俳句を見せてくれよ。

心優しい兄でした。

手折らなば声上げるかも緋の牡丹

南極の氷

二萬年眠りし氷泣かせけり
昼酒の氷泣かせてしまひけり
ふつふつ煩悩酒泣く氷

健さんファンの捕鯨船の船長より二萬年眠り続けた氷を、兄が亡くなって、お土産に戴きました。

一度もお会いした事も無い船長さんです。

南極物語の健さんを想い出して下さい。

此の南極の氷をロックで泣かせて飲んで下さい。ファンは決して決して健さんを忘れません。

熱いメッセージが有難く涙が出ました。

東筑高校の後輩グループが集まって高倉健の唄を次々と唄いなが

ら、亦、高倉健の話が尽きない一日でした。
氷はさすがに硬く南極を感じました。
全員でロックで氷を泣かせて有難く嬉しい一日でした。お礼に俳句三句を贈りました。

家系図

鎌 倉 は 男 日 和 や 梅 白 く

兄が大変弾んだ声で魂と魂は呼び合うのだよ、今日鎌倉の宝戒寺に行って我が家の家系図の一番始めにある苅田式部大夫篤時の名前を言うと、ご住職が古い古い過去帳に記された名前を見せて下さった。何と篤時の上には北条義時、兄はそれはそれは弾んだ声で私に告げた。そして新しく俺もお前も名前を載せた家系図を作ろうと言った。

それからまもなくして新しい家系図が届いた。それには私の子供達迄入った家系図だった。

家系図には指輪の箱が添えられ、中には小田家の家紋が彫られ美しいブルーサファイアの石がはめ込まれた指輪が入っていた。

お礼の電話で、兄のセンスの良さを褒めると「オー」と一言満足そうな声が返って来た。優しくて行き届いた兄だった。

鎌倉の友人からの電話

鎌倉や祖霊をやどす萩の寺
卒塔婆の墨跡匂ひ寒かりし

話は腹切櫓の事でした。

俳句をする彼女は吟行で宝戒寺のあたりによく行くそうですが、必ず腹切櫓の前で立ち止り、何時行っても、あの薄暗い中に一ヶ所真新しい白い卒塔婆が有る事に、少し不思議なドラマを感じ、或る時、意を決して宝戒寺に寄り老僧にお尋ねしたところ「それは高倉健さまが、お暇の折に時々お見えになり篤時さまの墓前に新しい卒塔婆と、お線香を上げられてます……」。友人は北条の末裔の話を聞かされ亦、僧に高倉健の信心深さを聞かされた……との感動の電話でした。

想ひ濃くなりゆくばかり義時忌
祖霊の地星の流るるばかりなり

山頭火

青しぐれ酒の肴に山頭火
弓張月孤独三昧連れ歩き

映画「あなたへ」の撮影が上ったと電話が入る。映画の中のワンシーン北野武さんとの話をしてくれた。それから俳句の話となり、山頭火の話となる。山頭火は〈分け入つても分け入つても青い山〉から始まったが俺はやはり次の二句が好きだナ……。

〈春の山からころころ石ころ〉

〈もりもり盛りあがる雲へあゆむ〉

全く理屈の無い、命そのもの……山頭火はこんな句が良いねェーと話す。

何でも物知りの健さんと私が笑うと、お前も俺の胸ぐらを摑んで揺さぶる俳句を詠めよ、と言われた。

兄の三回忌にお詣りいただいた或るお方に、そのお話をすると『あの方の胸ぐらなんて摑めません、まして揺さぶるなんて……』と（笑）、兄は私を励ます為に何時も俺とお前の心の共振れを楽しもう、俳句をどんどん詠んで俺に送ってくれ！と言ってくれた。それは、全く兄の優しさである。

兄が亡くなってから早や十周年、その間兄の俳句ばかり詠んでいたが、十周年を期に吟行にも行き昔の様な楽しい句を詠み度いものである。

恋佛

信心深い兄は私に何体もの佛像を送ってくれた。大変珍しい御佛様も……。

或る時普通の家に置くには少し大き過ぎる木彫の阿弥陀如来像が届いた。

美しくて思わず手を合せた。

兄から電話が入り此の佛像は日米合作映画のお礼の品として共演したロバート・ミッチャム、監督シドニー・ポラックの二人に美術品として飾って下さいと贈ったものと同じ佛像で姉と私にも送ったとの事だった。わざわざ彫って戴いたとの事だった。

当初の白木の美しいお姿も、今は少しお肌の色（木質）も肌色が優しいおだやかな感じとなり、お美しい私の恋佛である。

朝夕手を合せる毎日だが、それが如何に大事な事であるかを兄は良く私に話していた。
こんな事も有った。
四十七士の映画で、大石内蔵助を演じた高倉健の台本の後ろには次なる歌が書かれており、此の歌を毎日読んで内蔵助を演じた兄である。

あめつちにわれひとりゐてたつごとき
　このさびしさをきみはほほゑむ

夢殿の救世観音に、と題して詠まれた、歌人会津八一のうたである。

何かにつけてみ佛様を思う心が優しさに繋がるのだと深く思うのであります。

蛍火

声にして蛍を呼べり闇の奥
蛍火の消えて無明の此の世かな

蛍のシーズンは家族で蛍見に行くのが年中行事でもあった。山間の大きな旅館が一軒あった。其の一室を借り切っての蛍見だった。三味線の音がどの部屋にも響き渡り大変賑やかだったのを想い出す。だんだんと薄暗くなると部屋の電気は一斉に消され三味の音だけ、蛍が飛び始める頃には旅館の横の川岸にお客は出て蛍見をするのである。

蛍の乱舞と蛍柱のあの何とも言えない美しさ、唸り声か羽音かウォーンという音と光の美しさに見入っていた。忘れられない蛍見の夜である。

私は蛍の句が多いが、ここが原点である。今は旅館も無く蛍柱も見られない。農薬の為蛍柱までたたないらしい。

白桃

桃が顔そろへてをりし男の忌
白桃の香をあふれさす剛健忌
ためらはず桃に刃入るる一人の夜
白 桃 や 夢 に 還 り ぬ 夢 の 漢《ひと》

兄の生前は、白桃の好きな私に毎年岡山の白桃が箱で贈られて来ました。今は私がお命日に白桃をお供えします。

タケちゃん兄ちゃん

我が家は六人家族、ごくごく平凡な明るい家庭、でもチョットお洒落なお父さんお母さんだった。私は兄をタケちゃん兄ちゃんと呼んでいた。チャンが二度重なる呼び方が可愛くて好きだった。でもさすがに大学生になった兄は、お兄さんと呼ぶようになった。そんな兄の忘れ難い話を……戦争直後まだ世の中が豊かでなく、町に生布等売る店がない頃の話である。

兄の中学受験を控えた母は受験当日着て行く為のズボンを夜なべして、それも父のモーニングのズボンを解いて縫い上げた。立派に出来上ったズボンを衣桁に掛け、母は上出来だと自分で自慢気だった。玄関には新品の靴が揃えてあった。受験日がやってきた朝食の時、父は剛一《たけいち》頑張れの一言、母は落着いていれば大丈夫と笑って言った。食事がすんで皆それぞれに自分の部屋で自分の用意をしていた時タケちゃん兄ちゃんは何時の間にか「行って来ます」も言わずに姿を消した。新しいズボンも新品の靴もそのままだ。姉と私は騒いだが母はタケちゃんらしいと笑いながらズボンをさすっていた。私はまだ小さくて兄の気持がわからなかった。夕食時いちばん最後に部屋に入って来た兄は皆の前でお母さん御免なさいと小さな声で謝り、池田小学校から東筑中学受験するのは、友達はわずか四人、僕だけあんな立派な目立つ格好は恥ずかしくてとても出来なかったと言った。父は大笑して良か良か男はそれで良かと言った。母は残念残念と優しく笑っていた。

その後、無事中学に合格した友達と新しい東筑中学の制服で新一年生となる。

一年生の担任は英語の「安永先生《スズメ》」、とっても良い先生で兄は英語教師という事が嬉しくて自慢だった。初日自己紹介があり小田剛《たけ》一《いち》と言うと黒板に剛一と書かれ、タケイチはややこしい、ゴウイチと書いて皆に小田はこれからゴウイチ、いやゴウちゃんだ!! でゴウちゃんとなる。ゴウちゃんの名付親は安永先生「スズメ」だった。

　中学に入り兄は目を見はる変り様だった。

　土曜日の昼からは戸畑の合気道道場に通い始める。（初主演が空手の「電光空手打ち」。後に戸畑の師匠をお訪ねしてお礼と報告をする。帰って来た兄の手には階級の上った証書が……）。

　合気道を止めて英語をと志《こころざ》し、土曜の昼からは毎週小倉に洋画を観に……そのうち、小倉には進駐軍が来ている事を耳にした兄は、すると家族が来てるはず、とすると子供が居るはずだと言い出し、アメリカの子供と友達になるのだと言い出す。

　毎週土曜の昼からは洋画の帰りは小倉の魚町を一巡りしていたある日、ショウウインドウの中のボクシングのグローブを眺めていたアメリカの少年を見つけ自分から近づき話しかける。少年の名はチャック、同じ年、直ぐに仲良くなり、それからは毎週チャックと魚町で待ち合せ、楽しい話ばかりの兄だったが一ヶ月目の土曜日兄は帰って来なかった。

大変心配した家族だったが、父は違っていた。タケイチは可愛がられているよ、心配はいらない。チャックも日本に友達が出来てそれは両親も嬉しいに決ってる。大丈夫、今頃は美味しい料理でもてなされてるよ、と父。（当時は電話は警察・病院・学校・役場・駅位しかなかった）。

月曜日意気揚々とお兄ちゃんは帰って来た。月曜日の東筑の同じクラスは大変だったそうだ。

お弁当はチャックのママのサンドイッチにフルーツ、クラスだけでなく学校中に噂が広まり、職員室に呼ばれたそうで……スズメだけは大事にしろよと笑って励まして下さったそうだ。それからは土曜日の度にお泊りだった。お兄ちゃんが見る見る変っていくようでチャックの話を聞くのも楽しい事だった。兄はちょっと唄う唄もジャズ。ヘイユーと私を呼ぶ。ノンノンと首を少し振って格好良く話す。私も一生懸命鏡の前で真似ていた。

ゴウちゃんは英会話部・ボクシング部を東筑で立ち上げる。男子の間・後輩にもゴウちゃんの名が知れ渡る。

やがてチャックのパパのアメリカ帰還が決る。兄も大学受験と二人ははなればなれとなる。

別れの日に母は自分の宝であった金の蝶のブローチをチャックのママにプレゼントした。

月日は過ぎて日米合作映画の撮影から帰って来たと電話が入った時、私はチャックの事を思い出してチャックとは今連絡しあってるのか聞くとまだちゃんと連絡取り合ってると話していた。住所を聞いておくべきだったと悔やまれる。

父のこと

月魄や漢は青く刃研ぐ
　打粉打つ父秋月の凄まじく

兄の亡くなる三ヶ月前の夜、兄から電話が掛ってきた話である。いつもの様にオーイ元気か、から始まる長話である。最近親父の夢を良く見るのだよ。昨夜も亦、親父が夢に出て来たんだよ……。

お前、親父の一番忘れられない事って何だ！　思い出す事って何？　と聞かれた。

大変お洒落。格好良い。色々有るけど一番強烈な思い出は、やはり秋の月の美しい夜にお座敷に兄妹四人が横一列に父の四米位後ろに正座したこと。父はおもむろにそして一気に刀の鞘を抜き呼吸を整えて静かに打粉を打つのである。刃を研ぐのである。物音も無く外の虫の音だけのシーンと静まりかえったあの雰囲気に身じろぎもせず姿勢を正していた兄妹四人、父は全て終ると次は尺八を静かに吹く、此の尺八の音色が何とも亦忘れられない。それが終ると母が子供達一人一人にお抹茶を――その苦かった事。

亦、父のサイドカーの横のドライブである。首にシルクのブルーのハンカチーフを巻いてくれて走った遠賀土手。大変嬉しかった、と兄に話す。兄は俺は親父が背中に夕陽を浴びながらインディアン(アメリカのバイク)を磨いていた後ろ姿が一番忘れられないと言った。そして親父が本当に良く出て来るんだよなァーと言った。昨日も来たんだよ……。

それから亦お兄さんの話となりお父さんはカメラにも凝ってて暗室迄あり現像するの見てたよねェー。

廊下の隅にオルガンがあったよナ。音感が凄く良く何の曲でも一度聞いてから五、六回手さぐりで曲をさがしてると、もうすでに立派な曲となり唄っていた話等々……兄は最後に「俺はとうとう親父を超せなかったナ」身長も親父が少し高かったと静かに笑って話した。そして佛は上から見てるからな……と繰り返し言った。死の三ヶ月前の電話での話である。

千手観音

月の弥陀遊びの手とは救ひの手

糸島の雷山、千如寺は美しい紅葉の頃には良く行くお寺です。

その日は、ドライブがてらに一人車を走らせての事でした。御堂の千手観音様の前に暫く足を止めて眺めていました。丁度参拝客も無く私一人の事もあって、ふっと声にして千手もおありになるのに遊びのお手はおありにならないのかしら……と声に出してしまいました。すると何時後ろに立って居られたのか、和尚様の声がして遊びのお手は有りますよ、左手の下におさげに成っているお手が遊びの手です。即ち救いのお手なのです。

私は先ず和尚様にも驚いたし、其のお言葉にも驚きました。

救いの手とは……和尚様に有難いお言葉を戴きました、と深々と頭を下げお礼を申しました。暫く立ち去る事が出来ず只々、観音様の上から下まで此れ程眺めた事は有りません。

一つ勉強になった一日でした。何だか心豊かになった一日でした。

嘆きの天使

映画「あなたへ」のロケで平戸を二度訪れた兄、高倉健。ホテルの社長木下氏の話から——ホテルでは毎朝必ずホテル裏にある山の上の神社にかけ登り柏手を打ってのお詣りをする。亦自分の出番の無い日は何処かに案内を頼む。木下氏が一番の自慢の場所平戸焼十五代の中里先生の所へとお連れすると、先生の作品、お人柄を大変気に入った兄は、暇さえあれば先生の窯場へと通いつめる。のちに、文化勲章を戴いた折の、お世話に成った方々へのお礼の品として先生に香合を百個お願いをする。先生も初めはお断りになったと兄から聞かされた。でも無理を言ってお願いした。それはそれは素晴しい香合が出来上り兄の喜びは大変だった。

さて次は小田家の家紋入りの観音像を作って下さいとお願いする。亦先生は困ってお断りになる。然しその次に兄は一枚の写真を持参、此れを作って下さいと頼む。先生は勿論お断りになる。でも後に引かない兄の頼みに、ではという事になり、写真の「嘆きの天使像」を作られる。ところが出来上った天使像の足にヒビが走り、先生は作り直すとおっしゃるも、どうしてもそれが欲しいと言い張る兄、仕方なく其のヒビの走った天使像を兄の所に送られた。然し先生は今度は二体の天使像を作られた。然しもうその時は兄は亡くなっていた。嘆きの天使はホテルの木下氏に渡され、私の元へと届いた。此の話を聞いた時私は、何故か映画「鉄道員《ぽっぽや》」のロケの最中の兄からの電話と重なった思いに涙が溢れて仕方がなかった。

それは撮影中はお互いに電話はしないのに、電話にオヤオヤ何かな？って思ったら、実は今降旗監督のもとに行って「鉄道員」の作品の中に江利チエミのテネシー・ワルツを流して下さいと頼みに行ったんだよ……すると監督、あっさりと「いいですネェー流しましょう」と言われ、俺は何だか拍子抜けして、やはり個人的な事だから流さなくて良いですって言ったんだけど、降旗さんイヤイヤテネシー・ワルツ流しますって……個人的な事で良いではないですか……と言われたんだ……

私はすごく嬉しくて、お兄さん良かったね、チエミさんへの最高の供養だわ……と一寸はずんで言うと、静かに一言「そうか……」ってそんな事があった。

映画俳優としての人生を映画に捧げ尽した漢の最後、チエミさんのテネシー・ワルツを流し、遺作となった平戸では「嘆きの天使像」をつくる……私は兄が最後の最後迄優しさを見せてくれたのが嬉しい。

頑張って頑張り抜いた高倉健だった。

嘆きの天使へ

死とは生のことなのだ。

しかも真実の生なのだ。

このうつつの誤り多き生、凡庸で片鱗の傷つけ痛められた生ではなく、純粋で慈悲にあふれた至高の生なのだ。
死とは愛しき人との再会なのだ。
永遠の生に歩み入るのだ。
やっとまた逢えるのだ。

兄からの手紙

自分の人生を愛せよ
　自分の愛する人生を生きよ
美しく年を重ねよ
　心豊かであれ

太文字の兄からの手紙である。

考えてみるともう四十年も昔の事で、その頃から亡き父敏郎の一字を付け剛一郎と名乗っていた兄の一通の手紙によって、私は生活を一変させた。二十二年の私の歴史に幕を閉じた。それまでは主人を亡くし二人の子供の為にと只ひたすら働いていた。

お店は新薬師寺の西の礼拝所として出来た「力丸十二支苑」。その中に出来た十二支庵である。毎月一度貫主が奈良よりおみえになっていた。

十二支苑は春は桜、秋はモミジの名所として知られ大変風光明媚なのどかな場所であった。お客様も色々で楽しい一寸珍しいお店であった。俳人（金子兜太先生・藤本安騎生先生・星野椿先生・伊藤通明先生）、詩人、作家（敷透・佐木隆三）、右翼の一匹狼、若い音楽家（演奏会を何度かしました）、尼さま、俳句の吟行句会等、さまざまな人が訪れた。もちろん十二支苑お詣りの方々……。十二支庵のスタッフは楽しく優しい二人、川池由美子さん・今永清美さんと日頃は三人。土曜・日曜日は高校生のバイトが多い時は七、八人で賑わっていたお店だ。

そんな私を兄は心配だったらしく、ふらあっと福岡空港からタクシーを飛ばして、お店の閉店した後、六時位に来ていたらしく、夜電話が入って、それを知らされた。仲々景色の良い所だねェー、あまり無理をするなヨ！　何かあれば何でも言ってくれ……心優しい兄だった。然し私は結構楽しく働いていたし困った事もなく、兄に助けを求める事もなかった。

兄は五回ほどタクシーで閉店後のお店を一人で見に来ていた。いつもその夜の電話でそれを聞かされた。

そんなある日、兄から一通の手紙が届いた。何時も電話で話すので手紙にオヤオヤと一寸驚いた。手紙の内容は――「支えていこうと思わずに支えられて生きていると考えてみたら……それはけっして老いではなく進歩だよ」と書いてあった。

私はその一言によってハッと気付かされたのです。もう子供達にささえられている自分……。新しい人生を歩いたら良いではないかとの兄の言葉に二十二年の歴史に幕を引いた。

兄の言う心豊かに自分の人生を生きるには、先ず健康が一番。趣味を持つ、人との交わり……今は俳句・絵・太極拳と美しく年を重ねたく、兄の最後の手紙を時々読み返す昨今である。

太文字の兄の手紙や夜の秋

歌

心杙の白檀添ふる骨の冷

二〇一六年九月九日　正覚寺本堂に安置
二〇一六年十月二十二日　納骨

兄の小さなお骨が真っ白な真綿にくるまれて故郷に帰って来ました。
真綿の上には白檀が置かれ、其の白檀には大変美しい墨の文字、歌が一首書かれていました。

夕暮の心の色を染めぞおくつき果つる鐘の声のにほひに

正徹（東福寺僧侶）

此の歌を選ばれてしたためて下さった島谷令夫人のお優しさが胸にしみます。決して忘れる事は御座居ません。

南無

あとがき

令和二年十一月十日『飛花落花』を出してよりの二冊目の兄に捧げる句集です。

兄逝きて早や十年、身に添う影のごとくに、道づれのごとくに、いつも兄が心の中にいます。

そんな中、俳句はまるで「埋み火」を炎やすように詠みつづけました。

此の句集は私の生前における最後の句集です。

今回も、山本悦夫様に身に余るご好意の序文を戴き大変有難く思うばかりです。

題目の「花隠れ」は前句集『飛花落花』で序文を戴きました、故古川貞二郎様のお話から。実は文芸誌『四人』の山本悦夫様の文章の中に、古川氏は葉隠れの武士の教えを継いだかのような……と書かれている一文を読んだとたんに、私の俳句〈女にも武士道ありし白菖蒲〉を想い出し――男に葉隠れとあれば女に花隠れの意想があってもと思って、「花隠れ」と決めました。

題簽は、書道家・篆刻家の師村妙石様より戴きました。

装丁は『飛花落花』に続きデザイナー森健にお願いしました。

「文學の森」の皆様には大変お世話になりました。有難う御座居ます。

令和六年十一月十日

森　敏子

追って書き

　高倉健没後十年の十一月十日朝八時三十分、墓前にて東宝島谷会長より刀匠の宮入小左衛門行平様からとの包みを手渡されました。ズシリと重い感触――箱を開けて私は一身が固まります。言葉が出ませんでした。

「寒青」と彫られた文鎮……何度も握りしめ寒青と声を出さずに読みました。兄が初めて刀匠をお訪ねした時、電話で喜びと感動を話してくれました。素晴しい人との出会いが彼の演技に出るのだとそう思った私の感想でした。

刀と対峙した時は完全に圧倒されたよ！

文鎮は日本刀の材料の玉鋼で出来ています。玉鋼を心を込めて一振り、一振り叩いて刀の形にします。完成した日本刀には全身全霊が入っています。

まざまざと兄高倉健の顔が私の脳裏をよぎります……。

その時の最後の言葉は
気を感じたのだよ!!

素晴しい一時だった!!

でした。

＊＊＊

同じ日、中間市での没後十年のイベントには、中華人民共和国駐福岡総領事・楊慶東《ヨウケイトウ》様が大変お忙しい中、会場に三人のお供を連れてお見えになりました。第一部の木村大作様によるトークショー、森功様の先輩高倉健のお話、第二部の映画「あなたへ」の上映が終り、総領事は会場を後にされます。

その際、お土産として目にも鮮やかな朱赤の大きな袋を手渡されました。中には大変心の行き届いたお品が……。領事のお心くばりに只々感謝感謝で言葉がなく、あっ!! と言っただけで暫く呆然としていました。朱赤の袋の中には、朱赤のガッチリとした箱。箱の蓋を開けると、墨で「我行精進／忍終不悔」と素晴しい言葉が書かれていました。ハッとしました。この言葉は兄が酒井雄哉大阿闍梨に戴いた言葉で「往く道は精進にして、忍びて終わり、悔いなし」。なんというあたたかい心くばりでしょう。只々有難くフッと兄の顔が、笑顔が浮かびます。

亦箱の中には静かに微笑むような美しい牡丹の花の陶器がおさ

まっています（石碑の裏にも家族六人、六つの牡丹の花が彫られ、この碑の下に高倉健の魂は眠っています）。

中国からもたくさんのファンの皆様が石碑詣りに来て下さっています。

皆さんに愛されてやまない「高倉健」、兄に代りましてファンの皆様に厚く厚くお礼申し上げます。

著者略歴

森　敏子（もり・としこ）

昭和10年（1935）３月30日　福岡県中間市に生れる
平成５年（1993）「白桃」入会
平成６年（1994）白桃賞受賞
平成11年（1999）８月、俳句朝日九州俳句大会朝日賞受賞
平成12年（2000）３月、角川俳句大会in北九州角川俳句大会賞受賞
コンベンションビューロー賞受賞
白桃大会特別賞受賞
平成14年（2002）若宮全国俳句大会県知事賞受賞
平成20年（2008）第一句集『薔薇枕』上梓
北九州芸術劇場にてチャリティーコンサート
「薔薇枕」（俳句とチェロ）
平成21年（2009）成田山千灯明と蛍の乱舞コンサート
「恋蛍」朗読（俳句とチェロ）
千草ホテルにて「恋蛍」朗読（俳句とチェロ）
令和２年（2020）第二句集『飛花落花』上梓

現 住 所　〒820－1102　福岡県鞍手郡小竹町赤地1942－3

句文集　花隠《はながく》れ

発　行　令和六年十一月十日
著　者　森　敏子
発行者　姜　琪東
発行所　株式会社　文學の森
〒一六九-〇〇七五
東京都新宿区高田馬場二-一-二　田島ビル八階
tel 03-5292-9188　fax 03-5292-9199
e-mail mori@bungak.com
ホームページ http://www.bungak.com
印刷・製本　大村印刷株式会社

ISBN978-4-86737-272-2　C0092
落丁・乱丁本はお取替えいたします。